BABEL
巴别塔100

Rainer Maria Rilke

走向千年绽放一回的玫瑰

里尔克诗100首

〔奥〕里尔克———著

陈宁
何家炜———译

人民文学出版社
PEOPLE'S LITERATURE PUBLISHING HOUSE

**图书在版编目(CIP)数据**

走向千年绽放一回的玫瑰:里尔克诗100首/(奥)里尔克著;
陈宁,何家炜译.—北京:人民文学出版社,2021
(巴别塔100)
ISBN 978-7-02-015659-7

Ⅰ.①走…　Ⅱ.①里…②陈…③何…　Ⅲ.①诗集-
奥地利-现代　Ⅳ.①I521.25

中国版本图书馆 CIP 数据核字(2019)第 194167 号


责任编辑　朱卫净　邰莉莉
封面设计　钱　珺


出版发行　人民文学出版社
社　　址　北京市朝内大街 166 号
邮　　编　100705
网　　址　http://www.rw-cn.com

印　　刷　上海利丰雅高印刷有限公司
经　　销　全国新华书店等

字　　数　93 千字
开　　本　889 毫米×1194 毫米　1/32
印　　张　3.75
版　　次　2021 年 2 月北京第 1 版
印　　次　2021 年 2 月第 1 次印刷

书　　号　978-7-02-015659-7
定　　价　45.00 元

如有印装质量问题,请与本社图书销售中心调换。电话:010-65233595

# 目录

## 你是如此陌生

你是如此陌生，你是如此惨白。
只是偶尔你的面颊飞红
一丝无望的隐秘渴望
渴望那遗落的玫瑰之国。

于是你的目光渴望着，深而清澈，
渴望从一切必须，从一切辛劳中
进入那个国，那里寂静的花开
无非是你双手的劳作。

## 紫红的玫瑰我愿意

紫红的玫瑰我愿意
为我的桌案而捆扎，
而后，迷失在椴树林里，
在某处找到一位少女，
伶俐，金发，耽于梦境。

我愿意握住这个孩子的手，
我愿意跪在她的面前，
愿我充满渴望的苍白的口，
得以被她的唇轻吻，
那双唇，就是春。

# 你可知道，我将疲惫的玫瑰编织

你可知道，我将疲惫的玫瑰编织
在你的秀发，一缕微风轻悄拂过——
你可看见，月儿像一枚足色的
银币，被铸造成一幅图画：
一个妇人，含笑戴着深色的荆冠——
她是死去的爱情夜的象征。

你可感觉到玫瑰在你的额上死去？
每一朵都战栗着离开它的姐妹
不得不孤单单地腐败又腐败，
全都灰白地落入你的怀中。
她们死在那里。她们的苦痛轻悄而巨大。
走进黑夜吧。我们是玫瑰的继承人。

## 如今我总是行走在同样的小路

如今我总是行走在同样的小路：
沿着花园行走，花园里玫瑰刚刚
为一个人预备好；
然而我感到：还长，还久，
这一切并不是对我的迎候，
我必须没有感恩没有声响
踽踽行过它们身旁。

我只是开始游历的人，
赠礼对我毫无价值；
直至来临那些更有福的、
清浅、寂静的形影，——
一切玫瑰才会在风里
招展如红旗。

# 倘若你沿着墙在外面行走

倘若你沿着墙在外面行走，
陌生的花园甬道上的
众多玫瑰你就无法望见；
但在你深深的信赖里你可以
感到它们如临近中的女人。

她们安然徐行，成双结对，
她们互相揽着腰肢，——
唯有红色的在歌唱；
而后那白色的伴着清香
悄悄、悄悄地坠落……

## 最初的玫瑰在苏醒

最初的玫瑰在苏醒，
它们的芬芳是畏葸的
如一丝寂寂悄悄的笑；
轻快地以雨燕平展的
羽翼掠过白昼；

而何处你欲前去，
何处一切依然恐惧。

每一线微光都是畏怯的，
无一声响依然是温顺的，
夜是太新的，
美是羞惭的。

## 少女群像

从前你发现我的时候，
我这么小，这样小，
我开花如一根椴树枝
只是静静向你伸去。

我因为小而无名，
我渴望着这样前去，
直到你对我说，我已太大
对于每一个名字！

于是我感觉到：我是一个
伴着神话、五月与海洋的
好像葡萄的芬芳，我
让你的灵魂感到沉重……

许多渡船在河流上，
其中一艘稳稳带来他；
然而我却不能亲吻，
就这样他经行而过。——

外面已是五月。

我们老旧的五斗橱上
燃烧着蜡烛两支；
母亲正在与死者对话，
她的声音分成了两个。

我小小地站在寂静里，
我不曾到达那个陌生的、
母亲慌怕地认出的国度，
我仅仅耸起到床沿边，
只是找到母亲苍白的、
我得到过祝福的手。

然而父亲，疯癫发狂，
把我高高扯向母亲
给过我祝福的口。


我是一个孤儿。从没
有人唯我之故带来
那些使孩子变得坚强、
得到安慰的故事。

从哪里这些突然为我而来？
是谁把它们运送给我？
因为它们我知道了一切传说
和人们在海上讲起的。

我曾是个孩子，我梦见许多事，
可还不曾拥有五月；
那时一个男人带着弦琴
从我们的院子经过。
那时我害怕地抬头望去：
"母亲啊，让我自由……"
在他的琉特第一个乐音里

有什么已把我断裂为二。

他的歌曲开始之前，我就知道：
那将是我的生活。
别唱，别唱，你啊陌生的男人：
那将是我的生活。

你歌唱我的幸福、我的辛劳，
你歌唱我的痛苦，然后：
你歌唱我的命运，实在太早，
于是我，我开花又开花，——
永远不会再经历那个命运。

他歌唱。然后他的步音响起，——
他必须继续前行；
他唱我从没痛苦过的痛苦，
他唱从我手里滑落的幸福，
他带走了我，他带走了我——
没人知道去哪里……

## 少女的谣歌

你们少女啊好似花园
在四月的黄昏里，
春在好多的船儿上，
但无处是目的地。

如今她们全都已经自己成为女人。
已经失去了孩子的身与梦，
已经生下孩子
已经生下孩子，
她们知道：这些大门里
我们都会伤悲中白发日增。

她们的一切在房屋里拥有空间。
只有"万福马利亚"的声音
在她们心里还拥有一个含义，
于是她们疲惫地走出来。

当道路开始疯长的时候，
从苍白的乡野袭来阵阵寒凉：
她们回想起自己古老的微笑
就像一首古老的歌谣……


我沿着小巷前行，
棕肤少女们全都
坐着、望着、惊奇着，

在我的行走背后。

最后其中一位开始歌唱，
她们全都打破沉默
微笑着弯下躯身：
姊妹们，我们必须向他显示
我们是谁。


你们是女王啊你们富有。
你们在歌谣周围富有得
胜过那些开花的树。

真不是吗，这个外国人惨白？
然而更加、更加惨白的
是他心爱的梦，
就像池塘里的玫瑰。

这些，你们立刻觉察到：
你们是女王啊你们富有。


波浪从不对你们沉默，
所以你们也该从不安静，
也该波浪一样唱歌；
那意欲进入你们本性深处的，
化作了旋律；

美的羞惭可曾使声音在你们心中
重生？

一个年轻的闺怨唤醒了它——
为谁?

歌谣出现了,如渴望一样出现,
又将伴着新郎慢慢
消逝……


少女们看见:只只小船
从远方向港口归航,
她们张望,羞涩而成群结队,
白色的水是何等的沉重:
因为这就是黄昏的风格,
仿佛成为一个恐惧。

就这样没有一个归来者:
从疲惫的大海上到来的
是舰船,黑色、巨大、空空,
没有信号旗在船顶飘扬:
好似所有人都被什么人
击败。


你们少女啊好似小船;
你们始终被紧系
在时辰的岸,——
为此你们一直如此惨白;
毫不留恋地

你们想要将自己送给风:

你们的梦是池塘。
时而滩上的风将你们
带起，直到锁链紧绷，
于是你们爱上了风：
姊妹们啊，现在我们是天鹅，
正在金色的丝缕上
将童话的贝壳描画。

金发的姊妹边走边欢快地
把金色的秸秆编结成束，
直到整个大地在她们面前
开始炽红就像黄金；
于是她们互相问：我们
抵达的是怎样的神奇之地。

黄昏让花朵感到沉重，
姊妹们羞惭地站立，
她们伸出双手，
她们久久倾听，她们空茫微笑，——
她们每个人都在渴望：谁
是我们的新郎……


那些金发的编结女走在
黄昏大地的光芒里的时候：
她们都是女王
都在遐想都在开始
为自己加戴冠冕。

因为她们生活在其中的光，

是一个浩大的恩典——
从她们之中发源而来，
她们编结成束的秸秆，
吮吸了她们的少女泪——
变成黄金变得沉重。


在花园全然开始
热衷于良善之前，
少女们立在里面，震颤着
因犹豫着的经历，
她们将双手从狭窄的恐惧中
伸出，伸入风里。

她们穿着羞怯的鞋行走，
似乎在紧按自己的衣裙；
这是她们的最初的姿势，
被她们在节日的感觉中
迎着自己的梦做出……


所有街道此刻
都笔直通往黄金：
女儿们在门前
曾如此将之欲求。

她们向长辈们不说别离，
而说：她们要流浪远方；
她们如此地轻松、解脱，
别样地互相牵着手，

在别的人的衣褶中
她们的衣袂飘飞
在浅色的形象周围。


你依然对幼林之秋毫无预感，
浅亮的少女们欢笑着走在里面；
只是时而葡萄的芬芳好像
遥远美好的回忆将你亲吻，——
她们倾听着，其中一位吟唱起
关于再见的一首苦痛的歌。


轻悄的空气里藤蔓蜿蜒，
仿佛有谁在挥手别离。——小路旁
立着所有的玫瑰，满怀思绪；
它们的夏在它们眼中病恹，
垂下明亮的双手，
悄悄，因自己成熟的行为。


众少女唱道：


母亲们提到的时刻
并未在我们入睡时到来，
里面一切依旧光滑清晰。
它们告诉我们，它们破碎
在一个狂风漫卷的季节。


我们不知道：那是什么，狂风？
我们一直住在教堂钟楼的深处，

我们只是时而远远听见
森林在外面摇荡；
曾经有一颗陌生的星留下
停在我们中间。

而后来一旦我们在花园里，
我们就颤抖，于是开始了，
我们等待着，一天又一天——

然而无处有风
能够将我们弯折。


众少女唱道：

我们长久地在光中欢笑，
每个人都为每一个人
将丁香花与木樨草
采撷，像新娘一样喜庆——
都曾是一个谜、一次谈话。

后来以夜的名字
寂静慢慢化为天星。
于是我们仿佛从一切中醒来，
彼此遥遥离远：
我们学会让人哀伤的渴望，
就像学会了一首歌……


众少女在花园的坡道上

长久地欢笑，
她们用自己的歌唱
就像用不断的行走
使自己疲惫神伤。

众少女在柏树林里
颤抖：时辰已开始，
她们不知道一切事物
属于谁。


一位少女唱道：

我曾经是遥远异国里的孩子，
最终我：可怜 ①、柔弱而盲目——
悄悄离开我的羞耻；
我等待在森林与风的背后，
久已确定地等待我自己。

我孤独无依我远离家园，
我静静地想：我看上去怎样？ ——
要是有人问我是谁？
……主啊，我正年轻
我金发飘然
我掌握过一次祈祷
我在走，一定是徒劳地身披阳光
陌生地走过自己身旁……

---

① 也可理解为"贫穷"。

又唱道：

想必有什么在引领我，
但不是风；
因为地点与门
是如此多。
谁
我当向他探问一切？
我当始终只是走，
像在梦中一样忍受着
山峰与城堡耸立
在陌生之海的
边际？……


又唱道：

我们彼此全都亲如姊妹。
然而黄昏时分，我们寒冷瑟缩，
慢慢地失去了彼此，
而每个人都愿意对自己的
女伴窃窃私语：现在你正在害怕……

母亲并不告诉我们身在何处，
她听任我们全然孤独，——
何处恐惧结束而上帝开始，
何处我们或许愿意存在……

# 房屋里没有安宁

房屋里没有安宁，无论
一个人死去，被他们抬离，
还是有谁听从隐秘的口谕
拿起朝圣者的杖穿上朝圣者的袍，
开始在异乡探问道路，探问
那条他知道你在等待他的路。

他们的街道从不空虚，
他们想要走向你，如同想要
走向千年绽放一回的玫瑰。
许多皮肤黝黑的人民，几无名姓，
抵达你的时候，他们已精疲力竭。

而我见过他们的行列；
从此我认为，风来自
他们的衣袍，那衣袍，
因他们走而动、在他们卧时静——
他们的行走浩荡在平野。

## 少女之忧郁

我想起一位年轻的骑士，
恍若想起一句古老的箴言。

他来。就像时而降临幼林的
一场狂风，将你笼罩。
他去。就像大钟的祝福
时常将你孤独地留在
祈祷的中央……
你想在寂静中呼喊，
你却只是悄然垂泪，
泪湿你冷冷的丝帕。

我想起一位年轻的骑士，
他一身武装去往远方。

他的微笑轻柔优雅：
像旧象牙上的光，
像乡愁，像一场圣诞夜的雪
落在黑黑的村庄，像一块水苍玉
纯然被珍珠环围，
像月光
在一本心爱的书上。

# 关于少女

1
别的人必须走在通往
朦胧诗人的漫漫长路；
他们逢人就问，
是不是不曾见过有人歌唱
或者手抚弦琴。
只有少女不问，
哪座桥会通往图画；
她们只是微笑，明媚得胜过
留在银盘里的珍珠链。

她们生命中的每扇门
都通向诗人，
都通向世界。

2
少女啊，诗人就是，向你们学习
说出为什么你们会寂寞；
他们学习生活在你们的远方，
就像在巨大的星辰旁
黄昏习惯了永恒。

你们谁也不要将自己交给诗人，
即使他的目光在恳请你们为妻：
因为他可能将你们只当作少女：
情感在你们的手腕中

会因锦缎而断裂。

让他寂寞在自己的花园吧，
那里他将你们像永恒一样接纳，
在他日日走过的路上，
在荫荫而待的长椅旁，
在悬挂琉特的房间里。

走吧！……天已暗。他的感官不再
寻找你们的声音和形影。
他爱道路的漫长空旷，
他爱黑黑的山毛榉下没有一丝白——
他尤其爱哑寂无声的斗室。
……他听着你们的声音走远，
（在他疲于回避的众人中间）
然后：他柔情的思念痛苦着
因感觉到你们被许多人瞧看。

## 少女之哀

这偏好，在我们全都
是孩子、全都非常
孤独的岁月里，是温情的；
时间和别的人发生争执，
而人家有自己的方向、
自己的附近、自己的宽度、
一条路、一只兽、一幅画。

生命从不停止给予，
而我依然想
静心细细思想。
我在我心里不就是最大吗？
我的生命不再想安慰我，
不再想理解我，像我孩时一样？

忽然我好像被驱逐，
而这寂寞也让我感到
是一个超然巨大之物，
那时，在我乳房这小山岗上
停下，我的感觉正在呼求
翅膀或者一个终点。

# 恋　歌

我怎能抑止我的灵魂，让它
不去触碰你的灵魂？我怎能
举它越过你向着其他事物？
啊我甘愿伴着幽暗中的
某种无望，将它安放
在一个陌生而寂静的地方，
当你深心摇荡时，那里不会继续摇荡。
但是，一切触动我们的，你和我，
将我们拿在一起如一个弓法，
在两根琴弦上拉出一个声音。
哪个乐器上，我们被张挂？
哪个乐手拥有我们在手中？
啊甜蜜的歌。

## 一个少女的小墓碑

我们依旧在怀想。仿佛，
这一切必将再次存在。
如柠檬海岸的一棵树，
你将娇小轻灵的乳房
带入他血液的汩汩：

——他啊神祇。
曾经修长的
逃逸者，妇人们的娇宠。
甜蜜而炽热，温暖如你的怀想，
荫蔽着你早熟的侧影，
弯垂如你的眉痕。

## 玫瑰花碗

你看见怒者在闪烁，看见两个少年
聚集成一个团形的什么，
那是仇恨，是仇恨在地上翻滚，
如一个被蜂群袭击的动物；
演员，堆积起的夸张者，
垮倒了的疾驰的马，
抛出目光，伸出全副牙齿，
仿佛颅骨从口中脱落。

但此时你知道，是怎样变得忘乎所以：
因为你面前这满盈的玫瑰花碗，
是无法忘却的，装满了
极致——属于存在与倾向，
属于递出，属于从未能够给予，属于立于此，
这极致，是应该为我们所有的：也是我们本身。

是无声的生活，是没有结束的绽放，
是空间的使用，不从被万物
在周围减少的空间里拿取的空间，
是被忽略之物一样的几乎不明晰之物，
是纯粹内部之物，是众多罕见的柔嫩之物，
是直达边际的自我照耀之物：
还有什么与这些一样让我们熟悉吗？

还会一样于：一种情感的产生吗，
因为花瓣与花瓣的相触碰？

而这：一片花瓣张开如睑，
下面纯然卧着片片眼睑，
闭合着，仿佛十倍地沉睡着，
必须减弱一个内部的视力。
而这首先：必须让光穿过
这些花瓣。从千重天空里
这些花瓣慢慢过滤出滴滴幽暗，
幽暗的冲天火光里，一棵棵雄蕊
混乱成一束，激动着、卷绕着。

而玫瑰里的活动，看呐：
姿势出自如此微小的偏转角度，
致使那些姿势始终不可见，
发出的射线也不四散地进入世界万有。

看那白色的，幸福地张开，
立在巨大的、敞开的花瓣里，
宛若维纳斯亭亭玉立在贝壳里；
而那涨红的，正迷惘地
转身面对一个清凉之物，
那清凉之物正无感觉地后退，
而冰冷之物站立着，包裹在自身内，
在那脱下一切的敞开之物里。
它们所脱下的，那轻的、重的，
可能是一件斗篷、一个负担、一个翅膀、
一张面具，视其情形而定，
它们脱下一切：面对所爱的人。

有什么它们不能成为：如果那黄色的，
空洞而敞开地卧在那里，是汁液，

而不是果实的果皮——里面同样黄色的，
更集中、更橘红的果实？
而对于这些已然太多的，可是这绽放？
因为它们莫名的紫色在空气中
沾染了丁香的苦涩气味？
而这麻纱的，不是外衣吗？
里面的内衣依然柔滑、呼吸般的温暖，
外衣与内衣同时被抛下，
抛在古老的林中浴场旁清晨的阴影里？
这里的这个，乳白色的瓷器，
易碎的，一件光滑的中国瓷碗，
布满纤小而明亮的蛱蝶，——
那里的那个，除了自我不包含什么。

而一切不就是这样吗？只是自我包含，
当自我包含意味着：外面的世界，
风，雨，春的容忍，
罪恶，不安，被伪装的命运，
暮霭中大地的幽暗，
最终在云端的幻化、逃逸与飞来之上，
最终在遥远天星的模糊的入口处
化入满手的内在。

此刻正无忧地卧在敞开的玫瑰里。

# 枯女

轻轻地，仿佛已是死后，
她戴着手套、丝巾。
一缕清香从她的五斗橱里
排放出可爱的气味，

从前她从中认清了自己。
现在她久已不问，我
是谁（一个远亲），
而是漫步在想象里，

照料着一个惶恐的居室，
居室被她整理被她爱惜，
因为也许还一直
居住着同一位少女。

## 玫瑰内部

哪里是相对这个内部的
一个外部？哪种痛上
铺张了这样的亚麻布？
哪些天空倒映在
这些敞开的玫瑰
这些无忧无虑者
内部的里面，看：
它们松散地在松散中
安卧，似乎一只颤抖的手
从未能够将它们覆盖。
它们几乎不能将自身
保持；许多任凭
自己过度充满、过度
流溢，从内部空间
进入那些日子，那些日子
越来越满地合拢自己，
直至整个夏天变成一个
房间，一个梦里的房间。

# 而它几乎是一位少女

而它几乎是一位少女，出自
这歌与琴合一的幸运，
她透过春纱清澈地闪光，
为自己在我耳中铺开眠床。

睡在我身内。一切都是她的睡眠。
我曾经惊叹过的树，可感觉到的
远方，曾感觉到的草地，
还有我所遭遇的每一次惊异。

她睡了世界。行歌的神啊，你是
怎样将她完成的，让她并不渴求
有朝醒转？看呐，她起身又睡去。

何处是她的死？啊，你可还会创作出
这个母题，在你的歌曲耗尽之前？——
她离开我正沉入何处？……一位少女几乎……

## 不要立任何纪念石。且让玫瑰……

不要立任何纪念石。且让玫瑰
每年为他有益地绽放。
因为俄耳甫斯就是它。他的变形
个个皆是。我们不该操心

其他的名姓。谁歌吟，谁就
永是俄耳甫斯。他来而复去。
只要有时将那玫瑰花碗
经受过几日，不就已是众多？

啊他必须消逝，愿你们理解！
尽管对自己的消逝，他也惶恐。
他的话语超越在此的同时，

他已在你们并未伴行之处。
诗琴的栅栏无以强制他的手。
他恪守，同时他又在逾越。

## 玫瑰，加冕中的你

玫瑰，加冕中的你，古代时于他们
你是一只边缘简朴的杯盏。
于我们你却是丰盈而数不胜数的花，
取之不尽的题材。

你的富贵里你恍然层层衣装
围裹着的仅仅由光构成的躯身；
但你的片片花瓣却对所有盛装
既回避又否认。

千百年来你的芬芳为我们
呼唤来其最甜美的名字；
蓦然仿佛名誉停在空气里。

但依然，我们不知如何称呼它，我们猜……
于是我们从可呼唤的时辰里
求得的回忆转向了它。

# 歌唱花园吧，我的心

歌唱花园吧，我的心，那些你并不认识的、仿佛
被灌入玻璃中的花园，清晰，不可企及。
水与玫瑰，来自伊斯法罕或者设拉子，
歌唱它们的幸福吧，赞美它们，无物能比。

展示吧，我的心，展示你从未弃失过它们。
展示它们将你视作它们成熟着的无花果。
展示你与它们的风交往，那些风，仿佛
升华成了幻象，在绽放繁花的枝条间穿梭。

避免错误吧，不要以为决定存在，
就要为实现这个决定而做出舍弃！
丝质的线啊，你已进入那织物里。

无论你在里面被编结成哪一幅图画
（即使那幅画出自痛苦生活的一个瞬息），
也要感觉，那完整的、可赞美的壁毯正被寓意。

## 你的身影

如若你能看到我心里，
你就会，女性中最美的啊，
你就会看见只有你的身影。
就像那狂野疾飞
穿过原野远去的泉，
只有玫瑰倒映在其中。

# 墓 思

猛烈划过我双颊，
秋风凛冽，
我正向外面走去，
这里十字架静寂。

静寂地身披秋装，
河滩辽阔，
但是——那里——坟边，
玫瑰仍立——真的？

玫瑰刚刚开始褪色！
一朵花苞柔弱微小！
中央，死者中央的
新生命，新存在！

"可怜的玫瑰啊，昨天依然
"梦在大地的胸膛，
"今天你却没有与昔日的姊妹们一样
"为爱的喜悦而绽放。

"花之子啊，你将永远不会
"在柔风的轻摇中入梦。
"很快你就会折断在坟茔间，
"唉何等地快啊，因那风。"

夜雾轻轻，渐渐

沉落在辽阔平野。
我依然若有所思
将我的玫瑰凝视。

我感到，小玫瑰在惊惧，
惊惧于凶恶的死……
晚红冰冷而耀眼，
透过枝丫远远望来……

## 蛱蝶与玫瑰

一只蛱蝶，追求着
玫瑰。调皮的小子！
玫瑰却拒绝了
他狂风般的求偶。
无论他怎样努力，
花朵也毫不让步，——
……嗨，小心吧！

曾经一朵水玫瑰，
对他心怀好感。——
如今他赌气在青苔中
虚伪地演着他的戏。
但是这个小暴君想：
只要等到白天燃尽，
……那么，小心吧！

黑夜从山冈上
一下来，——他就贪婪地
绷紧翅膀的华美，
翩然向她飞舞……
但他的高兴来得太早！——
花朵已悄悄合拢：
现在——小心吧！

# 玫　瑰

这里这朵玫瑰，黄色，
昨天那个男孩送给了我，
今天我戴上它，同一朵，
去往他新起的坟墓。

玫瑰自从昨天起
还依然温柔美丽，
像它的姊妹们一样
在林中在山上。

花瓣上依然偎依着
光亮的液滴，——瞧啊！
昨天还是露水，——
今天变成了泪……

## 温婉得如同回忆

温婉得如同回忆，
含羞草芬芳在房间里。
我们的信仰却在玫瑰中，
我们的大幸福正年轻。

难道我们已被幸福镶了光环？
没有，属于我们的首先是呼唤，
是毗邻着深深的神庙的
这白色阶梯上的静静伫立。

是今天的边缘上的等待。
一直等到成熟的胚芽之神向我们
从他高高的圆柱屹立之宅
将红红的玫瑰播撒。

## 我继续独行踽踽

我继续独行踽踽。我的头顶之上
我感到春在枝条中颤动。
有朝一日我将穿着纤尘不染的
凉鞋等待在花园篱墙前。

你将出现在我需要你的时候，
将把我的踟蹰视作一个预兆，
将从最终的灌木里静静向下
递给我饱满的夏日玫瑰。

## 你的赞美诗

许多疲惫的少女不得不
在玫瑰之醉流尽的时候
老去在暮河之畔，
她们在湿热的厌倦中
亲吻她们灼热的手，
那双手像死去着的燕子。
但是被拣选者变得
与大地越来越相似，
伴着更宽阔的手势
她们的愿望变得辽阔：
直到她们，惨白而被闪电劈裂，
向一个新的伟大时代
疲惫地交出自己；
但是衰弱却不是旧事物，
却在她们最初的合掌中
收获了永恒。

## 波波里花园

瞧啊，柏树变得更黑
在辽阔的草地，为谁
座座雕像带着岩石的神情
等待在生长着的林荫路上？

你啊，我想与白色的影像一样，
更高地伸入玫瑰里面，
我想伫立在玫瑰的寂静里：
千年在这池塘上空，
千个黄昏在古老的橡树旁，
保持在心中，眼见
一个个黑夜渐渐临近。

## 姊　妹

啊我们曾怎样，以怎样的呜咽、
眼睑与肩膀，紧紧地相拥。
夜在房间里爬行，
仿佛被我们伤透了的动物。

你会从一切人中甄选我吗，
在姊妹们身旁不已经足够？
你的行止于我可爱如山谷——
而如今也因天的曲线

在用之不竭的显现里弯身，
扑面而来。何处我当去往？
唉带着恸哭的神情
你正俯身向我，无以安慰的女子啊。

## 你已凋谢了？

你已凋谢了吗？妩媚的玫瑰，
太阳的光线并未把你唤醒！
哦，可爱的、弱小的、调皮的你——
哦，再一次绽放吧！

只要花苞有一天依然敞开，
看呐，我就会满足——
就让我有一天依然喜悦吧
因你的光芒的丰盛！

不想再扬起你的小脑袋了吗？——
枯萎而灰白地垂下了叶子？——
唉！生命中的春真的
只有唯一、唯一一次！……

## 致玫瑰

（献给我亲爱的、珍贵的女友）
亲爱的玫瑰啊，哀伤地看着我，——
直似我给你带来了痛苦。
我愿意为此忏悔——千倍万倍，
但要先告诉我，我做错了什么。
我划伤了你的一片花瓣儿？——弄断了你的花茎？——
你不给我回答，——难道还有许多错？
我到底该怎么办……现在我清楚了……
确实错的太多，是的，是真的：
压着你的唇的时候，由衷而坚定，
玫瑰花儿啊，我太用力地压迫了你？…
要知道，我正思念着把你给我的女孩，——
玫瑰花儿啊，这你是知道的……
玫瑰花儿啊……抱歉！——

# 玫　瑰

玫瑰拥抱着一个梦
在秋夜里：
春妍可爱地停在
它的面颊。

纵使风的力狂野地
在山陂上穿行，
夏甜的阳光渴望
在它心里苏醒。——

但黎明的时候，
山峦中山谷内
苏醒的玫瑰却望见
花瓣——颜色死灰，

风在辽阔的山坡
如此粗暴地刮入，——
闪亮在它枯萎的面颊
是一小滴——露……

## 节日里

今天我们终于单独在一起了，今天一定
没有任何来自客人们的危险把我们威胁。
打扮吧，小乖乖，在这爱情的节日里，
红玫瑰最适合你，
红玫瑰插在你的发间吧。

从祖母的时代里拿来那件连衣裙吧，
袖子轻薄隆起的。
希望有一天你能来亲口对我说：
祖母曾在婚礼上穿过它——
衣褶里还留着芬芳。

# 你……

如今我不得不始终想起你。
不久前我在梦里看见了你，
你带着受伤的手腕到来，
走出一个红色的各各他。

我害怕地向你喊：原谅我的疾病吧。
你从你的伤疤里抓起炽热：
"我想送你一朵玫瑰花。"
而你给了我一滴血……

## 在遥远荒僻的道路上

在遥远荒僻的道路上
找到了玫瑰。与这我几乎
不知如何持握的幼芽一起，
我愿与**你**相遇。

就像与无家可归、
苍白的孩子一起，我找寻着你，——
**你**充满了母性，
对于我的可怜的玫瑰。

## 你啊春日，尚在你存在之前

你啊春日，尚在你存在之前，
每棵树的震颤、每个寂静的声音，
我就在你的里面认识了它们，因为我
曾经拥有你，在我深深的梦的一切山谷：
这是一次重逢。你感觉到了吗，
我的渴望用双手清凉地爱抚着你？
我的灵魂居住在你的玫瑰里，
从你的山冈上向我明亮地招手示意。

## 致玫瑰

你从她的日记里走出
来到这个外国人的日记里；
你不曾失去她，——找吧：
你会找到她在每种语言里。

## 霎时间安静而迷乱的妹妹

霎时间安静而迷乱的妹妹
以更美的步履从湿热的人群中升起——
道路需要她的双臂，
其他人带着畏惧更紧地互相拉着手
逃去。她却独自留在圈中，
陡立的双唇上，长久而松散地
垂挂着她的呼唤：
"为玫瑰腾出空间！"
这是她知道的一切词语。

## 少女们

少女们对于我显得就像
居住在远离我们之处，在异国的高山上
在更清凉的春天里在巨大的焚风中。
我在梦里面对她们的神情俯下身躯；
因为无人知道马利亚怎样走到
她们的近旁，因微笑而美丽。

她们是有福的人，一边获胜一边服侍，
被美遍照得如此温暖，
因此她们的姿容完全停在花朵中。
而她们摸索着的想象
穿过马多娜就像穿过曼陀铃。

# 一位少女，白衣，面对黄昏时分

一位少女，白衣，面对黄昏时分……
我总是一次次感觉到她们像发现物：
不仅仅她们本人让我感到如此神奇；
脖颈与头发轻盈的线条，
何等地将她们勾勒在背景之前。

她们只是长久地生活在轮廓里。
即使她们黄昏时拥有的话语，
在草地之花或者孤童面前，——
也完全是轮廓……

# 我觉得似乎我可以说出如此多的事

我觉得似乎我可以说出如此多的事，
关于小城里的许多少女，
关于她们床的上方温柔的图画，
关于她们微笑着弄平的金发，
关于她们在梦中穿着的连衣裙，
而梦，被她们从恐惧里搭救出来，
关于窗台上小小的花儿，
被她们在生日里赠与自己，
关于一百个事物，被她们欣然拥有，
而那时她们已经预感到她们会欣然拥有。

我了解她们就像了解金发的姊妹，
她们因我更深的发烧而去世，
就像被对于湖的渴望所耗尽。
开端与别离——一切都像是在昨天；
她们是我安静的回忆，
一切日子里我不知道哪个会更可爱。

## 我想将你们的画像举在黄昏里

我想将你们的画像举在黄昏里。

就这样少女们伫立着，群山令人目眩，
而少女们微笑在高举的双手之后。

神奇的游戏开始了。
何处她们的手指仿佛终止在玫瑰里，
何处线条明亮的剪影彼此接合，

何处马多娜意欲塑造自我，
因为还无人从心中将她们举起。
而当少女们合拢双手的时候，
在她们的手里就像在温柔、古老的
锦缎里，交织着寂静的图像。

## 红红的玫瑰从未如此红艳

红红的玫瑰从未如此红艳，
除却在这细雨霏霏的黄昏。
我久久思念着你温柔的发……
红红的玫瑰从未如此红艳。

灌木丛暗去，但从未如此翠绿，
除却在飞雨时分的黄昏。
我久久思念着你轻柔的衣裙……
灌木丛暗去，但从未如此翠绿。

桦树亭亭玉立，但从未如此洁白，
除却在与雨同落的黄昏；
我看见你的手美丽而纤细……
桦树亭亭玉立，但从未如此洁白。

流水倒映着一片黑色的土地，
在我雨中遇到的黄昏；
我在你的眼中认出自己……
流水倒映着一片黑色的土地。

# 献　诗

苍白的金发少女身穿绿色连衣裙，
歌唱着生命的意义：
人会在寂寞中成为君王，
在爱情那女王——身旁。

金色的花朵啊，超然骄傲的
花园思索着要把根赠予你——
根在你柔弱的关节上，
沉重的根出自啜饮着的木——
你应该使它们下沉。——

开着花的新娘啊，在白色的房子里
探问窃窃私语着的钟表
是否它们，**你啊光**，是否它们熟记
你的时辰，就像诗歌一样。

## 今天我欲博你欢心将玫瑰感受

今天我欲博你欢心将玫瑰
感受，将玫瑰感受博你欢心，
博你欢心今天久久地久久地
将不被感受的玫瑰感受：玫瑰。

所有外壳都已充满；它们卧着
在自身之内每个已一百次——
仿佛被山谷填满了的山谷
它们卧在自身之内，已经胜出。

不可言说地如夜
它们胜过被献出之物，
如平原上空的星
它们华贵地匆匆而行。
玫瑰夜啊，玫瑰夜。

玫瑰聚成的夜，许许多多明亮的玫瑰
聚成的夜，玫瑰聚成的明亮的夜，
睡眠属于千个玫瑰眼睑，
明亮的玫瑰睡眠，我是你的睡眠者。

明亮的睡眠者属于你的芬芳，深深的
睡眠者属于你清凉的衷心。
当我在消逝中将自己送交给你的时候
你正在用我的本质去争辩；

假如我的命运无所适从地
进入最无法把握的依据，
而本能，就会忙于
开启，无处互相碰撞。

玫瑰空间，诞生在玫瑰里，
在玫瑰里被秘密地培养
大如心之空间，于是我们即使在外面
也可以感觉在玫瑰的空间里。

# 我们说出纯洁，我们说出玫瑰

我们说出纯洁，我们说出玫瑰，
我们使人联想起发生的一切；
无名在其后却是我们
特有的形体与领域。

月亮对我们是男人，地球对我们属阴性，
草地显得充满谦恭，森林显得骄傲；
但是一切的上空无以言表地漫行着
始终无法决断的形象。

世界始终是孩童；只有我们更痛苦地成长。
鲜花与星辰静静观看着我们。
有时我们恍然是这二者的考试，
可以感觉到它们经受住了我们。

# 野玫瑰丛

它立在那里，临对着雨暮的
暗去，何等年轻、纯洁；
摆荡在自己的藤蔓里，赠予着，
但又沉向自己的成为玫瑰；

平平的花朵，此处彼处已然开放，
每一朵都不情不愿、无人照看：
就这样，属于自身又无尽地胜过自身，
出于自身又无法描述地激动着自身，

它向着在黄昏里沉思、从路上
走来的浪游人发出呼唤：
啊看我站立着，看这儿，我是何等安全
却又不受保护，我有着对我有益的事物。

## 为年轻女友而作的歌

将我的玫瑰香转化成
依旧更属于我们的
什么吧……：愿我们之间的
空气里有一物与它相同，
像它一样幸福。

像它一样幸福？难道它也幸福？
唉，时常是如此浓郁……
这夏日的馨香，
何处而来？
果真来自玫瑰花畦，
还是只是回忆？
使人苍老还是年轻，
在它逝去的时候？

愿我认出你的**手的**气味，
或者与**你**相适的
披巾的芬芳。
愿我知道**你**秀发的芬芳，
知道它是否轻柔而神奇地
（在**你**奔跑时）从**你**身上飘出。

玫瑰如此普通地飘香，——
就像在里面认不出谁的
幽暗之状。
看呐，今天这玫瑰香，
空气中的这许多感情：
我们竟被它们分开！

# 玫瑰，啊纯粹的矛盾

玫瑰，啊纯粹的矛盾，乐欲，①
是在这许多眼睑下作无人有的
睡眠。

---

① 1925 年 10 月 27 日，慕佐。里尔克在遗嘱中留下的诗句，里尔克死后成为他的墓志铭。此诗句犹源自其法语散文诗《墓园》(Cimetière)。德语中，"眼睑"(Lid) 与 "歌"(Lied) 谐音。"是在这许多眼睑下作无人有的／睡眠"，与里尔克同一时间段用法语写作的散文诗《墓园》的结句语义上是一致的。

## 夏日的过路女子

你可看见小路上慢悠悠走来那位幸福的
人人都渴慕的散步女子?
转上大路时她当会受到
昔日英俊的先生们的致意。

遮阳伞下，带着某种婉顺的优雅，
她采用另一种温柔的选择:
消失在过于耀眼的光线里一瞬间，
再把阴影带回来照亮自己的身影。

## 在女友的呻吟之上

在女友的呻吟之上
整个夜都在翻涌，
一个短促的爱抚
飘过炫目的天空。

就仿佛宇宙中
一股本原的力
重新成为所有
失落爱情的母亲。

# 女 神

空荡荡酣睡的正午
多少次她飘忽而过，
没有在露台上留下
哪怕一丝形体的迹象。

而若大自然感觉到她的存在，
那不可见者的习惯
就会回应一道可怕的光
照向她柔美的清晰轮廓。

# 内心肖像

并不是那些记忆
在我心里维持着你；
你也并不因一种美好愿望
的力量而属于我。

使你存在的，
是那热烈的迂回
被一种绵长的柔情
描画在我自身的血液里。

我并不需要
看见你出现；
来到世间就足以让我
失去你少一些。

## 哦，我的朋友，我所有的朋友

哦，我的朋友，我所有的朋友，
哪个我都不离弃；甚至这位过路人
他来自不可思议的生命
仅仅曾是一道温存目光，开放又犹豫。

多少次一个生命，不自觉地，
以其眼神和姿势
拦住他人难以察觉的逃逸，
还以他一刻可触知的时光。

那些陌生人。他们占了大部分
我们每天都在补足的命数。
哦，谨慎的陌生女人，当你
抬起目光，请看准我走神的心。

## 我们排列并组合词语

我们排列并组合词语，
用如此多的方式，
但我们如何才能
与一朵玫瑰匹配？

如果我们能容忍
这个游戏奇怪的意图，
那是因为，一位天使
时不时来打扰一下。

## 睡女人

女人的面容，隔绝在她的
睡意里，她好似品尝着
某种全然不同的声音
充斥着她整个人。

从她熟睡的发声身体
她汲取到一种
在静寂的注视下
喁喁细语的乐趣。

# 光之玫瑰

光之玫瑰，一道风化的墙——，
然而，在山丘的斜坡上，
这朵花，耸立着，迟疑在
她的冥后① 般的身姿里。

许多阴影可能进入了
这棵葡萄藤的汁液；
还有这过亮的光芒在它上面
急速地跺脚，打发赶路的烦闷。

————————————

① 冥后（Proserpine），罗马神话中冥王普路托的妻子普洛塞庇娜，对应于希腊神话中冥王哈得斯的妻子珀耳塞福涅。

## 美丽的蝴蝶贴近地面

美丽的蝴蝶贴近地面，
向着关注的自然
展现它的飞翔之书
那些彩色图画。

另一只闭合着翅膀
在我们呼吸的花朵边沿——：
这不是阅读的时候。
此外还有那么多，

那蓝色细小的，散布着，
浮动着，纷飞着，
像一封情书在风里
那些蓝色碎片，

一封被撕碎的情书
那人在撕的时候
收信的女子
正徘徊在门口。

## 玫瑰之一

若你的鲜妍有时让我们这般讶异，
幸福的玫瑰，
是因你自身，在你内里，
花瓣靠着花瓣，你在休憩。

全体苏醒过来，花心
依然熟睡，这颗宁静的心
无穷无尽的温存在接触
最终抵达那张开的边沿。

## 玫瑰之二

我看见你，玫瑰，微微开启的书，
包含如此多的书页
写着详尽的幸福
永不会有人读到。魔法之书，

向风儿敞开，闭上眼睛
也能阅读……，
蝴蝶从那里扑翅而出
因为有同样的想法而困惑。

# 玫瑰之三

玫瑰，你哦，卓越完满的事物
无尽地自制
又无尽地表露，哦，头颅
长在过于甜蜜而不存在的身躯，

你无可比拟，哦，至高无上的芬芳
这漂泊的时日；
这情爱空间，我们刚刚前行
你的馨香就萦绕。

## 玫瑰之四

然而是我们建议你
斟满你的花萼。
为这妙计着迷，
你的丰饶敢于一试。

你是富有的，足以一百次将自己
变成一朵单独的花；
这是恋人的情形……
而你不曾作他想。

## 玫瑰之五

遗弃环绕着遗弃，
温柔接触着温柔……
仿佛是你的内心不停地
轻抚着内心；

内心轻抚着自己，
用她自己的明亮光泽。
如此你发明了
那喀索斯 ① 自足的主题。

———————————————

① 那喀索斯（Narcisse），希腊神话中的美男子，因爱上水中自己的倒影而死。

## 玫瑰之六

一朵玫瑰，就是所有玫瑰
与她自身：不可替代的
完美，这柔软的词汇
被事物的文本所包围。

没有她，永不知如何说出
我们的希望为何物，
还有那些温柔的间歇
在持续的出发程途。

## 玫瑰之七

清新明净的玫瑰，将你
贴在我合拢的眼——，
仿佛有千百只眼睑
重重叠叠

贴着我温热的那只。
千般睡意挨着我的伪装
我在下面游荡
在馥郁的迷宫。

## 玫瑰之八

你的梦太壅塞，
内部壅塞的花朵，
湿漉漉像个哭泣的女子，
你向着早晨弯腰俯身。

你甜美的力量沉睡着，
在一种不明确的欲望中，
培育着温柔的形体
在脸颊和乳房之间。

# 玫瑰之九

玫瑰，如此炽烈却又明净，
真可命名为圣女萝斯 ①
之遗骨……，玫瑰散发着
赤裸圣女撩人的香气。

玫瑰从不受诱惑，令人困惑于
她内在的清静；终极的情人，
如此远离夏娃，远离初次的惊慌——，
玫瑰无尽地拥有着失落。

---

① 圣女萝斯（Sainte-Rose），天主教历史上有数位叫 Rose 的圣女，此处
借用其名而非确指。

## 玫瑰之十

她是朋友，在空无一人时，
当一切都排斥苦涩的心；
她是慰藉者，她的出现证明着
多少抚摸浮动在空气中。

若我们放弃生存，若我们
抛弃过去，抛弃未来，
我们可好好想过这位邻近的朋友
她在我们身旁做仙女的善事。

## 玫瑰之十一

对你的存在我有这般
觉识，完美的玫瑰，
以致我的认同将你混同于
我欢快的心。

我呼吸着你，犹如你是
全部的生命，玫瑰，
而我感觉自己是这样
一位女友的完美男友。

## 玫瑰之十二

针对谁，玫瑰，
你们采用了
这些刺？
你们过于细腻的欢乐
可是它迫使你们
变成这等全副武装的
东西？

但这保护你们的
夸张武器防范谁呢？
多少天敌我已为你们
除去
它们可毫不惧怕这武器。
恰恰相反，从夏天到秋天，
你们伤害了
给你们的照料。

## 玫瑰之十三

你可愿意，玫瑰，做我们现时激情
的热烈女伴？
是否回忆更能赢得你
当一种幸福重新到来？

多少次我看见你，玫瑰，幸福而干枯，
——每片花瓣都是一块裹尸布——
在一只香匣里，一束发绺旁，
或独自重读的一本喜爱的书里。

## 玫瑰之十四

夏季：你在数日里成为
玫瑰的同时代者；
呼吸她们花蕾初绽的
灵魂周围萦绕的气息。

将每一朵正在枯萎的玫瑰
当作一个知己，
在这位姐妹消失之后
和别的玫瑰生存下去。

## 玫瑰之十五

单独地，哦，丰饶的花朵，
你创造了自己的空间；
你映照在一面
气味之镜里。

你的芬芳就像别的花瓣
萦绕你繁密的花萼。
我约束你，你却伸展，
奇妙的演员。

## 玫瑰之十六

不要谈论你。以你的本性
你不可言说。
别的花只是点缀桌面
而你使桌子焕然一新。

把你放进简朴的花瓶里——，
看，一切都变了：
这许是同一句子，
却是由天使吟唱。

## 玫瑰之十七

你在自己体内准备了
终极的芬芳，更多于你自身。
你溢出的，这撩人的欣奋，
是你的舞蹈。

每一片花瓣都愿意
在风中
旋出几下看不见的
馨香舞步。

哦，眼目之音乐，
整个都被它们包围，
你在中心变得
不可触及。

## 玫瑰之十八

所有感动我们的，你参与分享。
而你身上发生的，我们却不知。
要变成一百只蝴蝶
才能读遍你全部的书页。

你们中间有些如同辞典；
采摘它们的人们
渴望将全部的书页装订。
我呢，我喜爱信柬玫瑰。

## 玫瑰之十九

是否你打算成为一个典范？
是否我们能像玫瑰一样充盈，
倍增她那种微妙的质料
我们曾如此做过，却只是徒劳？

因为，似乎并非劳作
就能成为一朵玫瑰。
上帝，从窗口看一眼，
就造好了房屋。

## 玫瑰之二十

告诉我，玫瑰，你封闭的
自身哪里来的
悠长芬芳，强制
这个尘世的空间
空气的流动？

多少次这空气
声称被物件穿透，
或者，噘着嘴，
显得苦楚。
然而围绕着你的肉身，
玫瑰，空气转着圈。

## 玫瑰之二十一

这难道没有使你眩晕，
在花茎上绕着自己旋转
直到你终结，圆形的玫瑰？
而当自身的冲力将你湮没，

你在花蕾中忘却自我。
这是个绕圈打转的世界
为了它宁静的中心敢于
圆形玫瑰般的圆满休憩。

## 玫瑰之二十二

依然是你们，你们从
死者的大地上长出，
玫瑰，你们向着
一个金光灿烂的日子

带来这确凿的幸福。
死者可允许，他们
空空的颅骨
从未知晓得如此之多？

## 玫瑰之二十三

玫瑰，姗姗来迟，是一个个苦涩的夜
以天体四射的光使你停步，
玫瑰，你是否猜想到夏日姐妹们
轻轻松松的全心快乐？

日复一日我看见你犹豫着
在系得太紧的束胸衣里。
玫瑰，你逆向绽放
模拟着死亡的缓慢进程。

你无穷尽的状态可使你认识到
身处一个万物皆相融的混沌中，
虚无与存在，这个我们一无所知
不可言说的协调？

## 玫瑰之二十四

玫瑰，是否必须把你留在外面，
挚爱的丽人？
命数在我们身上耗尽的这地方
一朵玫瑰有何为？

绝无回程。你要与我们
分担
这狂乱的生命，这生命
与你的年纪不相称。

# 清晨的窗

房间深处，仅有淡白色将床分开，
　　繁星的窗让位于微明的窗，
　　　宣告白昼来临。
她真的赶来了，她俯身，留下来：
在黑夜遗弃之后，这天空崭新的青春
　　　　轮到她来接替！

温柔的恋女凝视的晨空一无所有，
　　只有天空自身，这天空，寥廓的典范：
　　　深邃而又高远！
只有鸽群在空气中盘旋着竞技场圈子，
它们柔美弧线的光亮飞翔，悠悠拖着
　　　一个轻盈回程。

## 凭倚着窗，她度过了

凭倚着窗，她度过了
几许激动不安的时辰，
整个人置身存在的边缘，
漫不经心而又紧绷着。

就像猎兔狗躺卧时
它们的爪子准备好，
她梦想的本能不经意发现
并安排好这些美丽的事物

那是她的双手安放得体。
正是在此，其他部分一起参与。
不是臂，不是乳房，不是肩，
也不是她自身在说：够了！

## 是因为见过你

是因为见过你
凭倚在最后的窗前，
我才认清，我才饮却
我整个的深渊。

向我显露你的手臂
朝着夜伸展，
你令我，从此以后
我的内心离开你，
也离开了我，逃离了我……

你的动作，可是永诀的
证明，如此决绝，
将我变成了一阵风，
将我倒进了一条河？

# 墓　园

　　这些坟墓中莫非有生命的余味？而那些蜜蜂，是否在花的嘴里找到了一言半语？哦，花儿，我们幸福本能的囚徒，你们是否向我们回归，带着我们血脉里的死亡？如何摆脱我们的支配，花儿？如何不成为"我们的"花儿？玫瑰是否展开全部花瓣远离我们？她想成为单独的玫瑰，仅仅是玫瑰？在如此多的眼睑下作无人之眠？①

---

　　① 这句诗法语原文是：Sommeil de personne sous tant de paupières? 里尔克于1925年10月27日写在遗嘱中要求刻在墓碑上的德语诗句：Rose, oh reiner Widerspruch, Lust, /Niemandes Schlafzu sein untersoviel/Lidern.（玫瑰，啊纯粹的矛盾，乐欲，/ 是在这许多眼睑下作无人有的 / 睡眠。）参看第65页陈宁译这首墓志铭的注释。

# 人间选择

我去哪里你追到哪里，
炽烈的力，
你处处考验着我
于风暴之中，
你攻击我，好让我
配得上在万物中。
我们选择走向圣牌
或者走向玫瑰。

## 别 离

我的女友，我得出发了。
您可要看看
地图上的地方？
那是一个黑点。

在我心里，如果
事情顺遂，
那将是个玫瑰色的点
在一个绿色的国度。

# 献给妮科拉·B小姐 ①

如同大师的画作独占
线条间纸页的空白
它的白色显得如此珍奇，
就这样决定了一幅完美的画作

以你的眉毛和纯洁的嘴
以这些距离和材料
在你的下颏和眼睑之间
它们自我夸耀是你的美丽容貌。

---

① 妮科拉·B小姐（Miss Nicola B ...），里尔克于 1924 年在一本英语期
刊上看到过女演员妮科拉·布莱克（Nicola Blake）的照片。

# 红衣女孩

有时她着一袭小红裙穿过村庄，
一心一意规行矩步，
但尽管如此，她移动时也仿佛
循着她将来生活的节奏。

她跑几步，迟疑一下，停下来，
向后转身……，
像在梦境，摇着她的头
不做或做。

接着她跳出几个舞步
刚开头又忘记了，
她一定觉得生命
前进得太快。

并不是她要走出
自己封闭的幼小身体，
而是她身上载负的一切
都在嬉戏和萌发……

这件裙子，她以后会回想起来
在一种甜蜜的遗弃中；
当她整个生命充满无常，
这件小红裙将永远没错。

# 携带两个小乳房是何等的幸运

携带两个小乳房是何等的幸运
朝着某人，朝着陌生人……
两个小乳房说：也许明天……
而它们，无需更多，
却是幸福。它们之间休憩着
带有母亲柔美形象的吊坠 ①；
仿佛是它的庇护
将双乳分开，以便少女不敢
同时感觉到二者，
这对青涩的小乳房应当
带给某人，带给陌生人，
它们活着而携带的女子
却并不怎么知情。
它们会使她幸福吗？
这两个无邪的小乳房
它们抵抗着生活的
风？……这对执拗的小乳房，
仿若穿着丧服
与此相反，它们
在不可觉察的警报之下，
提出它们温柔的请求一如
被遮蔽的玫瑰。

---

① 吊坠（médaillon），女性挂在颈上的空心吊坠，里面放画像或头发。

## 那个没有来的女子

那个没有来的女子，然而不还是她
善于组织和装饰我的心吗？
如果我们必须存在，成为我们所爱的女子，
一颗心该是什么的创造者？

保留空白的美丽幸福，也许你是
我所有劳作和爱情的中心。
若我为你这般哭泣，那是因为我最喜欢你
在这么多幸福轮廓之中。

# 夏　日

百叶窗关着，白色的房屋，
闭合如同一张叫喊之后的嘴；
钟面上孔雀在休息
抹去了正午所有的时辰。

我们感到：今晚玫瑰将瓣瓣脱落，
她们自身过于饱满，正在甜蜜的垂死中。
哦我的孩子，哦我的朋友，走吧——：
生命在事物的死亡里闪亮。

## 若我能够用我燃烧的双手

若我能够用我燃烧的双手
围绕你的情人之心熔化你的身体，
啊，愿夜变得透明
将它当作迟来的星
自天地鸿蒙就一直
迷失，周而复始
以它的金光摸索着
它的初夜，它的夜，它的夏夜。

## 献给 M

其他的人，那是风暴
是漩涡，因爱生恨，
只有你，你抱着我的头
放在你的膝上，
你说：我的朋友，哭吧，
我会将我平静的双手
放进你的头发。是时候了：
因为我，我已经哭过……

## 醒来在女友的双臂间

醒来在女友的双臂间，
我死在她身上之后，
她依然给我这奇妙的早晨生存
而她几乎像一位母亲在等待——

我从来没有什么不是她给我的；
我回想的激情
使我相信是她创造了
我陆陆续续的一生。

此外我自己可有过怎样的欢乐？
我只想起一件：
我见过开花的扁桃树林，开满了花，
贴着一片褐色的土地……

# 我亲身经历过你的午后

我亲身经历过你的午后
昔日的陌生女人；之前下过雨
但傍晚时分你出门，一个人，终于
到那里去观看古老的塔
你一到这里就从窗口窥望它，
当你突然抽身离开
德班旅店 ① 房间的时候
那里缓慢的时辰昏昏欲睡
这废墟中的过去与未来
或许是同一回事。你向着生命攀登
哦，陌生女人，以全然隐秘的脚步
这条路你每一步都熟悉
多么像是你的路

---

① 德班旅店（l'hôtel des Bains），瑞士和法国多个城镇都有德班旅店，这首诗可能写于温泉疗养院，这些地方很多旅店的名字都带 "Bains"（沐浴）。

# 玫　瑰

一

无限地安心
尽管这么多危险
从不曾丝毫改变
她的习惯，
正在开放的玫瑰，这是她
无数周期的序幕。

可知道她存活多久？
她岁月里的一天，或许，
就是整个大地，
就是此处的无止境。

二

玫瑰，奉献给我们如此珍贵的习惯，
奉献给我们最珍贵的回忆，
变得几乎是想象之物
因为与我们的梦境这般相连——，

寂静的玫瑰，融合于
空气，超越歌声之上，
在蔷薇花饰中春风得意
而死于两个情人之间。

三

玫瑰，你本属凡尘，与我们无异，

我们所有的花中之花，
在花瓣靠着花瓣的身上，你可感觉到
我们可触知的幸福。

这些轻柔的接触将你填满，哦，玫瑰，
它们的总数是否包含
我们曾经敢于的一切、现在敢于的一切
以及正在迟疑不定的快乐？

## 是否只有我们接收到了

是否只有我们接收到了
这奇异的声音，一朵玫瑰
任其整个生命坠落于清凉的
大理石上，这曾经甜美的身体。
您听到了，我却以为听到您在我的
耳朵里……神话与我们擦身而过，
古老的翅翼缩进肩里